STENDHAL PAR GOBINEAU

Par Ch. SIMON

ÉDITIONS DU STENDHAL-CLUB. — Nº 20

1926

Tiré à 300 exemplaires numérotés

———

N° 98

STENDHAL PAR GOBINEAU

AVANT-PROPOS

Les stendhaliens autant que les gobinistes, croyons-nous, seront
curieux de lire un essai du comte de Gobineau sur Stendhal — essai
tombé dans l'oubli et d'ailleurs introuvable — et il leur plaira de
voir la *Chartreuse* appréciée par l'auteur des *Pléiades*. S'il est toujours intéressant de connaître les impressions des contemporains
sur un écrivain ou un artiste auquel la postérité seulement a rendu
justice, l'intérêt double lorsqu'il s'agit d'un Stendhal jugé par un
esprit tel que Gobineau, lui aussi « né posthume », selon le mot de
Nietzsche.

Foncièrement dissemblables, certes, Beyle et Gobineau ne manquent
pas de points de contact. Quand la comtesse de la Tour disait de
son ami : « Lisez-le le plus possible, car jamais homme n'a mis
autant de *lui* dans ses œuvres », elle oubliait l'auteur de *Rouge et
Noir*, et la réflexion du jeune diplomate qui trouvait la conversation
de Gobineau fatigante, parce qu'elle forçait trop à penser, aurait
pu être faite au sujet de Beyle par un attaché du comte de Sainte-
Aulaire, lassé des paradoxes du consul de Cività-Vecchia. « Les
idées qu'exprimait le comte de Gobineau, écrit son petit-fils, étaient
très personnelles, il n'acceptait jamais sans contrôle celles de la
masse, il aimait passionnément les arts et surtout la musique. »
Cela s'applique autant à Stendhal avec lequel Gobineau eut aussi en
commun l'amour de la Renaissance, mais ce qui les apparente surtout, c'est l'originalité de leur nature et de leur esprit qui les mit
l'un et l'autre en marge de leur temps, c'est leur spontanéité, leur
sensibilité, la nouveauté de leurs idées : en un mot, ils étaient « différents » — et voilà pourquoi il y a aujourd'hui des beylistes[1] et
des gobinistes.

La postérité a été plus favorable à Stendhal que ses contemporains. Gobineau a eu le même sort; s'il a été encore moins lu de son
vivant que l'auteur de la *Chartreuse* et a souffert de voir mettre au

1. Nous souscrivons à la distinction établie par M. Jean Rodes entre « stendhaliens » et « beylistes » (Avant-propos du *Bréviaire stendhalien*).

pilon une partie de ses ouvrages invendables, il a dû attendre moins longtemps l'épanouissement de la renommée posthume. Depuis qu'on l'a découvert en France à la suite de l'Allemagne, il y a une vingtaine d'années, on le réimprime, on le lit avec enchantement, on lui consacre des études, on reconnaît et admire la géniale diversité de ce diplomate qui fut vraiment un être exceptionnel par la richesse de sa nature d'artiste et la phosphorescence de son cerveau, homme d'esprit et d'imagination, penseur, savant et romancier. Réunissant en lui toutes les séductions françaises, il charmait par le fluide que dégageait son exquise personnalité et par la noblesse de son idéal ; il ravit aujourd'hui les lecteurs par l'originalité de ses idées et la grâce de sa fantaisie de conteur.

On sait que l'attention de M. de Tocqueville s'était portée de bonne heure sur le jeune comte de Gobineau qui avait débuté par des romans de chevalerie et des articles de revue. Il en fit son collaborateur et, dès 1844, nous voyons Gobineau contribuer au journal *le Commerce* dirigé par M. de Tocqueville, lequel s'efforçait à relever le niveau de la presse. Gobineau donne au *Commerce* des articles littéraires, il en fournit d'autres à la *Revue nouvelle* et publie des romans et des études dans divers journaux. Il est devenu un libéral et plaide la cause de la littérature nouvelle, de Victor Hugo, de Lamartine, de Lamennais, de George Sand, de Mérimée. Ses *Essais de critique*, publiés dans le *Commerce* en 1844 et 1845, comprennent des articles sur Alfred de Musset, sur Théophile Gautier, sur Henri Heine, un hommage à Balzac dont Gobineau devait demeurer l'admirateur fidèle jusqu'à sa mort, et l'étude sur *l'Œuvre de M. de Stendhal* que nous allons reproduire[1]. Cette étude parut dans le *Commerce* du 14 janvier 1845, pas tout à fait trois ans après la mort d'Henri Beyle.

Le lecteur verra que Gobineau préfère la *Chartreuse de Parme*, des ouvrages de Stendhal « le meilleur selon nous », dit-il[2]. Il ne fait que nommer *le Rouge et le Noir* et ignore *Armance*, ce qui nous surprend. Que ses suffrages aillent à la *Chartreuse*, rien de plus conforme à sa nature. Il devait être sensible plus que quiconque à la grâce aristocratique de Fabrice, « fils de roi » à ses yeux, et subir le charme de la Sanseverina. Aussi les jeunes voyageurs des *Pléiades* évoquent-ils le souvenir de la duchesse à l'Isola Bella et

---

1. Les héritiers du comte de Gobineau ont bien voulu nous y autoriser ; nous les en remercions sincèrement.

2. Nous ne saurions examiner ici la question de l'influence qu'aurait exercée la *Chartreuse* sur la composition des *Pléiades*. Nous ne la voyons pas, quant à nous, comme la voyait Albert Sorel, mais nous trouvons bien des reflets de beylisme en Gobineau.

se font-ils verser du vin d'Asti, « de ce petit vin mousseux célébré par la *Chartreuse de Parme* et qu'il fallait absolument connaître ».

L'essai est fin, plein d'idées, d'une sensibilité délicate, imprégné de cette grâce légère et souriante qui appartient à l'auteur de tant de séduisantes nouvelles. On trouvera tout le charme de Gobineau dans le portrait qu'il trace de la Sanseverina, « pour laquelle on ne saurait se défendre d'une vive affection et en même temps du regret de ne pas l'avoir connue », car « le personnage de la duchesse a une vérité qui nous donne le désir de lui être présenté ». Et qu'il est joli et bien de Gobineau le trait qui nous enseigne que « les esprits à mouvements imprévus sont inspirés des dieux » !

Mais on va lire tout le morceau et on le lira avec plaisir. Gobineau n'est-il pas le premier qui a su vraiment comprendre la nature de Beyle et, avec Balzac, reconnaître son génie ? Nous aimons à le penser et nous découvrons comme une prescience de sa propre vie lorsqu'il dit de l'auteur de la *Chartreuse* que, « plus que les jouissances partagées par la foule, les rêves, les fantaisies et les systèmes amusaient cet esprit, probablement blessé ... qui aimait à vivre pour lui-même et en lui-même ».

Ch. Simon.

* *

ESSAI DE CRITIQUE

Œuvre de M. de Stendhal (M. Beyle).

Des manuscrits intéressants sont en vente aujourd'hui et, bien que le prix en soit assez élevé, ils ne manqueront probablement pas d'amateurs, si déjà ils n'en ont trouvé. Ce sont quatorze cahiers complets d'extraits, d'archives italiennes, relatifs à des faits historiques de différentes époques. On assure que, puisés à des sources à peu près fermées jusqu'ici, les détails contenus dans ces manuscrits sont en général d'un intérêt assez vif ; tout naturellement, l'idée de cette vente reporte notre pensée sur le premier propriétaire, sur l'habile écrivain qui a interrogé les papiers de tant de bibliothèques, pour déplorer la fin si brusque et si inattendue de l'auteur auquel nous devons la *Chartreuse de Parme* et l'*Abbesse de Castro*.

M. Beyle a besoin plus que tout autre que la critique s'occupe de lui, car il a rarement tiré le public par la manche pour forcer son attention. Nous ne sachions pas, il est vrai, qu'il se trouve d'homme s'occupant des lettres pour lequel le mérite de M. Beyle soit resté à l'état de question : toutes les fois que l'occasion s'en est présentée, des esprits choisis se sont empressés de proclamer leur estime pour un talent aussi solide, et cependant nous doutons que sa renommée ait jamais dépassé de beaucoup les limites du monde écrivant. Ses succès n'ont donc conquis jusqu'à présent que le respect, et si la critique ne le complète, maintenant surtout qu'il a disparu de la carrière, il serait fort à craindre que sa mémoire ne fût dépouillée définitivement de la part de gloire qui lui appartient. On ne saurait donc mal faire en présentant ce mérite à la connaissance des gens de goût, et c'est dans un tel sentiment que nous venons apporter notre couronnement au souvenir de M. Beyle.

Beaucoup de causes ont contribué à entourer d'obscurité une carrière qui aurait dû être brillante, causes volontaires pour la plupart et dont la bizarrerie a souvent éveillé la curiosité. L'auteur de *le Rouge et le Noir* n'a peut-être jamais signé un livre de son nom, il avait, on peut le dire, la passion du pseudonyme, et semblait prendre un réel plaisir à se déguiser à chaque instant sous de nouvelles individualités ; le nom qu'il a le plus affectionné est cependant celui de Stendhal : *Rouge et Noir*, l'*Abbesse de Castro*, ses œuvres les plus importantes, appartiennent à ce personnage fantastique ; il est aussi le père d'un critique assez amer qui écrit dans *la Revue des Deux Mondes* et qui par conséquent lui a survécu, c'est M. de la Genevais : M. Beyle est l'inventeur de ce rude aristarque et lui a le premier conduit la main. Nous pourrons trouver encore d'autres costumes d'emprunt dans ce qui nous est resté du romancier ; mais nous n'y verrions rien de plus que ce que nous savons déjà. Bornons-nous donc. On a prétendu que tant de soin pour se cacher provenait des relations entretenues par M. Beyle avec bon nombre d'Italiens dont il avait trahi dans ses livres les secrets de famille et dont il ne voulait pas, en se faisant reconnaître, donner en même temps la trace, ce qui eût conduit ses amis complaisants à des démêlés désagréables avec leurs petites cours et leurs petites polices. Malgré le respect pour cette opinion professée pourtant par des hommes qui sont à même de bien savoir les choses, nous préférons chercher dans le caractère même de M. Beyle, caractère assez renfermé, assez replié sur lui-même, le secret d'un aussi constant incognito.

Ce qui devient assez rare pour les écrivains de notre époque si calme et à passions si tièdes, M. Beyle avait eu ce qu'on peut nommer une existence agitée. Dans sa jeunesse et au beau moment des guerres d'Italie, il était sous-lieutenant de dragons ; lorsqu'il mourut, il occupait le poste de consul de France à Cività-Vecchia. On dit même que c'était un consul fort négligent ; mais nous lui donnons volontiers l'absolution, attendu que ses longs séjours à Paris, s'ils nuisaient aux affaires diplomatiques, profitaient aux affaires littéraires. Entre son point de départ et sa position définitive, l'ancien officier avait couru bien des fortunes différentes et s'était frotté à bien des hommes. Jadis, ses camarades de régiment, en lui reconnaissant beaucoup d'esprit, l'avaient déclaré un peu fou ; plus tard ses confrères de plume, corrigeant l'opinion des hommes d'épée, remarquèrent plus d'une fois la singularité de ses allures et les singularités de son esprit. Ce que l'on peut conclure de ce qui a été dit sur son compte, c'est que l'homme dont une vie assez pleine avait émoussé sur beaucoup de points la curiosité aimait à vivre pour lui-même, et en lui-même par conséquent, et que les rêves, les fantaisies et les systèmes amusaient cet esprit probablement blessé plus que n'auraient pu le faire les jouissances partagées par la foule. On pourrait dire sans encourir l'accusation d'être paradoxal que, si les poètes ont souvent le cerveau martelé, réflexion déjà fort ancienne, les esprits observateurs ne sont pas plus disposés à se plier aux idées reçues ; souvent ils prennent des habitudes d'excentricité ; on pourrait presque en penser ce que les mystiques musulmans disent d'eux-mêmes, qu'absorbés par leur embrassement avec l'*Idée*, ils ne voient plus rien, ils ne veulent plus s'occuper de ce qui est en dehors de leur préoccupation et laissent leur corps aller comme il lui plaît.

Le premier ouvrage de M. Beyle est intitulé : *Vie de Haydn, de Mozart et de Métastase* ; il parut vers 1814, et nous le mettons volontiers en regard d'un autre livre, le meilleur suivant nous, le plus complet de ceux qu'a composés Stendhal, et celui dans lequel la puissance de l'écrivain avait atteint son apogée, nous parlons de la *Chartreuse de Parme*. C'est entre ces deux livres, comme deux pôles, que s'est mû le talent de M. Beyle, et chacune des productions intermédiaires tient plus ou moins du premier ou du dernier de ces livres à mesure qu'elle s'en approche et qu'elle s'en éloigne davantage dans l'ordre des dates. Il s'en faut que beaucoup d'écrivains aient dans leurs œuvres cette sorte de logique qui résulte d'une grande force morale ; la plupart du temps on va à la chasse des idées, ne sachant trop d'abord ce qu'on trouvera, s'égarant dans le labyrinthe de Crète sans prévoir par quelle porte on ira revoir le jour. Quelquefois, et pour plusieurs ce système a réussi, c'est par un arc de triomphe que, sortant des dangereux méandres de la pensée, on a reparu aux yeux de ses contemporains ; mais il est plus glorieux de savoir d'où on part, de ne jamais laisser le fil conducteur échapper de sa main et de prévoir d'avance où l'on doit arriver, voilà la marque certaine d'un esprit ferme, et si, nous servant du langage des païens, nous accordions que les esprits à mouvements imprévus sont inspirés des dieux, nous dirons des autres qu'ils sont dieux eux-mêmes. Il faut aussi en convenir, ces dieux-là ne sont pas entraînés par leur sensibilité ; ils ont quelque chose de la froideur olympienne de Gœthe ; si le cœur parle dans leurs œuvres, c'est seulement quand l'esprit lui a permis de parler. Stendhal n'est pas entraîné par ses émotions ; la réflexion chez lui fait tout, dirige tout, place tout, et, ayant sans cesse la conscience de ce qu'elle produit, n'abandonne rien au hasard prophétique, sur lequel les lyriques auraient tort de ne pas compter. Dans les vies de Mozart, de Haydn et de Métastase on trouve une tendance bien prononcée à réduire le plaisir musical en maximes et pour ainsi dire en analyse, si bien qu'on puisse le toucher du doigt. Sous les formes d'un *virtuoso* passionné, l'auteur entraîne, autant qu'il peut, l'idéal de l'art vers la réalité et se pique d'en rendre le langage et la jouissance accessibles aux gens du monde les plus incompétents. C'est un problème assez inutile à poser, assez difficile à résoudre et dans la solution duquel Stendhal a porté une ardeur et des efforts dont les sceptiques sont seuls capables, car il n'est pas de croyant plus sincère et plus fougueux qu'un sceptique construisant une théorie, surtout quand cette théorie est négative. Stendhal met donc beaucoup de chaleur à donner son avis sur la musique et infiniment de finesse dans la plupart de ses aperçus ; mais comme son livre, publié en 1814, avait été écrit quelques années auparavant, on trouve ainsi dans ses vies quelques-uns des rapprochements ingénieux dont nous ne faisons plus d'usage, mais qui plaisaient tant à l'esprit des dernières générations. Ainsi Stendhal s'étend avec une complaisance infinie sur la comparaison de style des différents maîtres avec la manière de plusieurs peintres. Il ne se contente pas de parler fort au long ; il dresse un tableau assez bien rempli, dans lequel on trouve Pergolèse et Cimarosa mis en regard de Raphaël, Paësiello du Guide, Haendel de Michel-Ange, Galupi du Bassan, Mozart du Dominicain. Nous ne prétendons pas repousser tout à fait de pareilles comparaisons : elles ont à coup sûr quelques fonds de vérité, mais on ne peut guère leur rendre cette justice que, lorsqu'elles se reproduisent avec abandon et comme boutades érigées en sentences, on s'aperçoit trop par combien de côtés elles pèchent ; entre autres choses, on peut leur dire qu'elles ont tort parce que le public ne retrouve pas, à différentes époques, aux œuvres comparées et les mêmes qualités suprêmes et une puissance du même genre. Ce qui nous peut ravir aujourd'hui dans le Dante n'était pas le plus grand attrait de ce poète au temps où Boccace l'expliquait, et le goût de la belle antiquité que le savant conteur napolitain admirait surtout dans la *Divine Comédie* nous paraît médiocrement représenté par le vieux auteur, bien que la trace virgilienne soit si reconnaissable dans ce qu'il a écrit. Et, d'un autre côté, les gens du xviii° siècle trouvaient également barbare et ennuyeux ce qui charmait les Florentins et ce qui nous charme maintenant.

Il en est à peu près ainsi, et à des degrés divers, de toutes les grandes œuvres dans la poésie, dans la peinture, dans la musique ; si donc on les voit changer de physionomie et en quelque façon se rajeunir, sous des charmes nouveaux, comment peut-on établir des rapports entre elles, à travers la différence des arts ! Et surtout quand il s'agit de la musique, sur laquelle le sentiment du jour, la mode, a un effet si puissant ! Des théories du genre de celles dont nous venons de parler sont fréquentes chez M. de Stendhal. Il aime la réalité avant toutes choses, mais ce n'est pas pour la reproduire telle qu'elle est ; il faut toujours qu'il s'en empare et qu'il la transforme d'une manière particulière. C'est un penseur systématique à l'excès ; il s'est fait un monde à lui ; tout y entre, mais beaucoup de choses sont rapatriées à la frontière avant d'y apparaître. Comme tous les esprits vigoureux, M. de Stendhal n'a pas peur des excès et de ce que, littérairement parlant, on pourrait appeler des violences. Ainsi, lorsqu'il parle de Métastase, c'est avec une admiration d'abord juste et qui bientôt dépasse toutes les bornes. Métastase entre bien dans les théories de Stendhal sur la musique et Stendhal lui en tient compte en le déclarant le plus grand des poètes italiens. Il n'en fait pas la moindre difficulté et c'est avec le plus beau sérieux du monde qu'il condamne le Dante, Pétrarque, l'Arioste et le Tasse à se mettre au-dessous de son favori, sous prétexte que nul d'entre eux n'avait dans la pensée autant de clarté et de précision que l'illustre librettiste. Cette singulière assertion fait penser à des maximes émises dans un tout autre ordre d'idées, et à des hauteurs différentes, par M. de Maistre et M. de Bonald ; il n'y a que les esprits fortement et finement trempés qui puissent se permettre sans danger un tel genre de débauche.

Mais parlons de la *Chartreuse de Parme*. Nous l'avons dit plus haut : entre le livre que nous quittons et celui que nous allons prendre, plusieurs autres sont échelonnés. Remarquables pour la plupart et tous intéressants à connaître, ils ne sont pas tels cependant que nous leur devions une analyse particulière. Ce que nous pourrons dire, nous l'avons touché déjà, ou bien la *Chartreuse de Parme* va nous donner l'occasion de l'amener. Ce livre est peut-être un des romans les plus remarquables de cette époque-ci, et lorsque nous le prenons dans nos mains nous ressentons la joie de toucher une de ces œuvres qui donnent tort de la manière la plus éclatante aux détracteurs du temps présent. Par sa fable, la *Chartreuse de Parme* appartient aux productions de la famille de Gil Blas, non pas que ce soit une suite de scènes aussi détachées les unes des autres, ni que les personnages épisodiques y abondent autant, mais le mouvement général s'en rapproche et le but en est le même ; c'est l'état d'une société et d'une époque que Stendhal a prétendu nous faire connaître. Après cela, le *Marchesino Fabrice del Dongo* n'a nul rapport avec le fils besoigneux et adroit du pauvre écuyer de Santillane.

Nous faire assister, comme l'avait entrepris l'auteur, à la naissance de ces républiques italiennes fondées par le Directoire, ce n'était pas une tâche ingrate ; il y avait beaucoup de choses qui devaient nous intéresser comme touchant aux côtés héroïques de notre histoire. Et puis le roman pouvait s'emparer à bon droit de cet enthousiasme libéral qui saisit une partie de la noblesse lombarde à la vue de nos drapeaux ; tous ces patriotes parfumés et amoureux disposés à jouer à la république un peu comme les enfants jouent au ménage, et tous prêts du reste à retrouver leurs manières de cour et leur gaîté et leur bonne compagnie, pour en faire hommage au prince Eugène. Ce tableau prêtait beaucoup, parce qu'il était facile de choisir une femme belle, spirituelle, aimable, passionnée et du monde, pour en faire le principal personnage. La comtesse Pietranera qui, dans la suite du récit, devient la duchesse Sanseverina, est une créature charmante, toute Italienne, bien emportée et bien frivole et se laissant aller avec une logique de cœur si droite aux plus grandes énormités, qu'on ne saurait se défendre d'une vive affection pour elle, et en même temps du regret de ne pas l'avoir connue, car soit que M. Beyle ait fait un portrait, soit qu'il ait su frôler la nature de si près qu'on s'y méprenne, le personnage de la duchesse a une vérité qui vous donne le désir de lui être présenté tant que vous n'êtes pas à la fin du livre, où la nouvelle de sa mort vous attriste.

La *Chartreuse de Parme* est un roman conduit par une femme ; nous dirons volontiers que les meilleurs sont ainsi, parce que les développements y gagnent toujours en finesse. Fabrice del Dongo, élevé à moitié et inspiré par sa tante, ne peut manquer de faire des folies ; il en fera, soyez-en sûr, et la première et la plus grosse donne occasion à M. Beyle de tracer la description de bataille la plus piquante que nous ayons lue. Voici ce dont il s'agit. Fabrice a quinze ans, il assiste à la chute du royaume d'Italie ; il a vu sa tante ruinée par la catastrophe, il a assisté au triomphe des opinions de son père dont toujours il a été maltraité et cela a décidé de ses sentiments politiques ; il serait possible de trouver des bonapartistes plus réfléchis, mais on n'en verrait pas de plus enthousiastes. Tout à coup le bruit se répand que l'Empereur est revenu de l'île d'Elbe. Le jeune conspirateur n'hésite pas, embrasse sa mère et sa tante qui le regardent comme un héros, et arrive sur le champ de bataille après avoir manqué être fusillé comme espion, tant il agit avec prudence. Cependant sa jeunesse a trouvé grâce devant la fille d'un geôlier flamand ; elle l'a fait évader sous l'uniforme d'un soldat du 4ᵉ hussards et il s'est incorporé de lui-même dans l'escorte d'un officier général qui passait au galop. Nous suivons, nous aussi, en croupe de Fabrice, la course du maréchal Ney. Nous voyons tout comme il l'a vu. Point de grandes lignes, point de mouvements de troupes ; nous n'avons, simples soldats que nous sommes, nous n'avons que des échappées. Le corps du général... s'est-il précipité par tel mouvement sur l'aile gauche ou droite de l'armée anglaise ? A-t-il enlevé la position ? Nous n'en savons rien. Mais tout se passe en petits épisodes. Fabrice galopant à la suite du maréchal entend la canonnade. Quand il s'arrête, il cause avec ses camarades ; tout à coup il voit devant lui un espace où la terre est bizarrement labourée par une cause inconnue. L'escorte traverse cet espace ventre à terre ; il passe avec les autres et, quand il est de l'autre côté, il s'aperçoit que quatre hussards manquent dans l'escorte et sont restés avec leurs chevaux, se débattant ou immobiles sur le sol que foulent des boulets. Et voici que Fabrice perd son cheval ; devenu fantassin, il se joint à un peloton d'infanterie et un caporal, en lui apprenant à charger un fusil, lui apprend que l'on est en retraite et que la cavalerie prussienne sabre les fuyards dont il fait partie à son insu. Et enfin la déroute commence. Ce que de pareils événements ont de tragique et de grotesque en même temps, Stendhal s'est attaché à le rendre en homme qui avait vu par lui-même et pour qui la gloire militaire avait présenté à l'usage plus d'un côté obscur. Ces masses bariolées composées de fantassins à cheval, de cavaliers démontés, d'officiers sans pouvoir, de généraux se glissant méconnus dans la foule, c'était là une véritable pâture de sceptique et M. Beyle devait trouver une joie toute particulière, toute intime, à prendre la nature humaine dans une pareille situation. Aussi, son style s'est-il ressenti du plaisir qu'il prenait à cette partie de son œuvre, et dans tout ce morceau il est plus ferme et plus soutenu qu'ailleurs.

Quelques pages plus loin, l'auteur retrouve, à la vérité, mille occasions de contenter ses goûts d'analyse; dans le caractère du comte Mosca, par exemple, l'amant de la duchesse, libéral au fond du cœur, incrédule par-dessus, riant sous cape de toutes les absurdités au milieu desquelles il doit vivre, et cependant aristocrate très convaincu, ministre favori d'un prince fort de politique et considéré en Italie comme un des champions les plus fermes des doctrines absolutistes. M. Beyle manie bien ces natures complexes et il aime à les reproduire en amant de la vérité qu'il est. Elles sont si fréquentes dans la vie! A côté du comte Mosca dont l'espèce d'hypocrisie à demi sincère est si aimable et si douce, il fallait encore une peinture du même genre pour donner le dernier trait au tableau. Stendhal a trouvé ce qu'il lui fallait dans le prince de Parme, souverain sur lequel il était difficile d'avoir un avis très sévère et cependant qui fait sourire. Qu'on s'imagine un homme d'esprit, un homme de cœur qui à la guerre a fait ses preuves de courage et de sang-froid, un homme enfin qui a au plus haut degré le sentiment de sa dignité, et qui avec cela est en proie à une si forte peur des libéraux qu'il ne saurait s'empêcher le soir de regarder sous son lit, craignant chaque fois d'en découvrir quelqu'un odieusement armé de poignards régicides. Ce n'est pas tout encore : ce pauvre d'esprit, auquel la peur a inspiré des sentiments assez cruels pour lui faire ordonner des exécutions, croit fermement au triomphe futur des libéraux et regarde comme sa grande affaire la conduite d'une intrigue qui doit le mener à se faire élire roi d'Italie par la plus prochaine révolution. Une duchesse charmante et passionnée, un premier ministre aimable et rusé, un prince spirituel et ridicule, un jeune homme amoureux des entreprises et de l'amour, et bientôt une fille ravissante que nous aurions tort d'oublier, ravissante et superstitieuse, sachant accommoder sa faiblesse et sa foi, comme on sait le faire dans un pays où le ciel est chaud, tous ces personnages s'agitant, vivant avec ardeur au milieu d'une foule de figures secondaires destinées à les faire valoir, ourdissant intrigues sur intrigues, ne sortant de l'une que pour retomber dans une autre et, par un art bien rare aujourd'hui, ne risquant jamais leurs pas jusqu'au mélodrame. N'est-ce pas qu'avec de pareils éléments bien employés, on ne saurait faire qu'un livre intéressant? M. Beyle les a bien employés, et ils seraient difficiles, les juges qui refuseraient leur suffrage à son roman. Maintenant le livre a-t-il des défauts? Sans nul doute, et de fort grands peut-être; mais si grands qu'ils soient, ces défauts ne sont pas insupportables et, en ternissant parfois les qualités, ils ne les éclipsent jamais. Nous sommes donc disposés à passer condamnation, non pas très facilement, mais pourtant sans nous faire par trop prier, sur les imperfections que nous avons pu remarquer. Si M. Beyle était encore au milieu de ses amis et des admirateurs de son talent, il y aurait quelques observations à lui faire pour le laisser-aller souvent fâcheux de son style, mais maintenant que rien ne peut plus être changé dans ses œuvres, nous sommes portés à ne nous apercevoir que de l'allure vive et délibérée de sa phrase, de la précision de sa pensée et de la vigueur qu'il met dans ses peintures.

M. Beyle peut être considéré comme membre du groupe de ces écrivains très notables, très considérables, auxquels M. de Balzac et M. Mérimée appartiennent aussi. Comme M. de Balzac, Stendhal aime à donner à ses récits un air de vérité matérielle que l'auteur du *Père Goriot* sait trouver à merveille et qui produit une sensation si vive sur l'esprit du lecteur. Comme M. Mérimée, Stendhal aime aussi à faire poser la nature; mais il n'agit pas d'aussi bonne foi avec elle, et comme le cadre qu'il emploie constamment est plus large que celui de l'auteur de *Colomba*, il reproduit l'effet avec un caractère d'idéalité auquel M. Mérimée ne s'est pas attaché. Enfin, M. Beyle est un romancier, sinon philosophe, au moins observateur plutôt que poète, et les qualités de son style, comme celles de son esprit, vont plus directement à l'intelligence qu'au cœur. C'est peut-être là, après tout, la plus grande cause du peu de popularité que son nom a conquis jusqu'à ce jour; mais en même temps c'est une raison de plus pour que la critique se fasse un devoir de préconiser un écrivain qui sait parler d'une manière si puissante à la portion de nous-même qui est le plus difficile à émouvoir et à frapper de sympathie.

Arthur DE GOBINEAU.

IMPRIMÉ PAR

P. DAUPELEY-GOUVERNEUR

POUR

ÉDOUARD CHAMPION

MEMBRE DU STENDHAL-CLUB

ÉDITIONS DU STENDHAL-CLUB